W0211726

Direction de la publication : Sophie Chanourdie
Édition : Anne Létoré
Suivi artistique : Guillaume Dupont
Mise en pages : Astrid Payet
Fabrication : Rebecca Dubois
Révision rédactionnelle : Marine Gauvin

© Larousse 2021
21, rue du Montparnasse, 75006 Paris

ISBN : 978-2-03-598647-4
Imprimé en Espagne.
Dépôt légal : janvier 2021
324792-01/11042701 – décembre 2020

Conforme à la loi n° 49-956 du 16 juillet 1949
sur les publications destinées à la jeunesse.

PAPIER À BASE DE
FIBRES CERTIFIÉES

LAROUSSE s'engage pour
l'environnement en réduisant
l'empreinte carbone de ses livres.
Celle de cet exemplaire est de :
300 g éq. CO_2
Rendez-vous sur
www.larousse-durable.fr

POMPY
SUPER POMPIER

Un incendie à la maison

Texte : Emmanuelle Kecir-Lepetit
Illustrations : Stéphanie Bardy

Larousse Jeunesse

Avec les SAPEURS-POMPIERS DE FRANCE

Ce soir, c'est la fête d'anniversaire de Papours. Malo et Mila ont décoré toute la maison.
– Il ne manque plus que les bougies ! s'extasie Mila. On peut les allumer tout de suite pour faire une surprise à Papa ?

Mamours est d'accord. Les enfants en disposent un peu partout, puis leur maman les allume en veillant à ne laisser aucun objet traîner à proximité.
– Voilà ! Et maintenant, à la douche : il faut être tout beaux pour l'arrivée de Papa !

Mamours disparaît dans le couloir avec Malo. Restée seule, Mila éteint la grande lumière du salon. Toutes les petites flammes brillent dans la pénombre.
– Ouaaah, c'est beau !
La fillette a une idée : elle rapproche une des bougies du mur, là où est suspendue une jolie guirlande en papier.
– Là, c'est mieux !

Satisfaite, Mila sort de la pièce sans voir que la petite flamme de la bougie a commencé à s'allonger, de plus en plus haut, sous le papier.

Dans la salle de bains, à l'étage, Malo et Mila viennent de sortir de la douche. Mamours les aide à se sécher, quand soudain : **BIIIIIIIIIIZZZZ**... Un sifflement aigu envahit la maison.

– Qu'est-ce que c'est ? demandent les enfants en sursautant.
– Je crois que c'est le détecteur de fumée qui sonne, répond Mamours en devenant tout à coup très sérieuse.

Elle entrouvre la porte de la salle de bains pour inspecter le palier.
– Suivez-moi, les enfants, on descend ! souffle-t-elle.
– Qu'est-ce qui se passe, Maman ?
Mais Mamours ne répond pas. Elle se hâte déjà dans l'escalier, où flotte une drôle d'odeur. Malo et Mila la rejoignent en trottinant.
– Ne courez pas ! Sinon, vous risquez de tomber. Il faut garder son calme, recommande Mamours.

En arrivant sur le seuil du salon, Mamours aperçoit les meubles en feu : les guirlandes et les décorations d'anniversaire brûlent.
Les flammes sont déjà hautes. La fumée forme un léger brouillard dans la pièce.
– Il y a le feu dans la maison ! crie Mila, en réalisant soudain ce qui se passe.

Malo, lui, est si surpris qu'il ne pipe mot.
Pendant une seconde, toute la famille reste clouée sur place, contemplant le début d'incendie : ça fait un choc !

Puis Mila se met à pleurer et Malo, à tousser. Mamours ferme aussitôt la porte du salon, pour bloquer la fumée de l'autre côté.

– Vite, les enfants : enfilez vos chaussures, on sort ! ordonne-t-elle.

– Mais j'ai laissé Doudou dans le salon, il faut aller le chercher, gémit Mila.

– NON ! dit Mamours fermement. C'est dangereux. Il faut partir tout de suite. Nos affaires sont moins importantes que nous.

– Il faut appeler Pompy, Maman, balbutie Malo.

– Je sais, mais on sort d'abord, répond Mamours en saisissant son sac.

Malo et Mila sont déjà sur le perron. Il fait nuit dehors !
Mamours sort à son tour et ferme la porte derrière elle.
Cependant, elle ne la verrouille pas : les pompiers auront besoin d'entrer tout à l'heure !

– Maman, j'ai peur. On va où ? bredouille Mila.
– On s'éloigne de la maison, répond Mamours en s'emparant de son téléphone.
– C'est le 1-1-2, rappelle Malo tandis que sa mère compose le numéro.
Ça sonne !
– Les pompiers, j'écoute ? fait une voix en décrochant très vite.
Alors Mamours raconte tout, sans oublier de donner son adresse.
– Je viens de prévenir le centre de secours le plus proche, la rassure le pompier. Êtes-vous sortie du logement ?
– Oui !

– Parfait. Il n'y a plus personne à l'intérieur ?
– Non.
– Où êtes-vous maintenant ?
– Dans le jardin !
– Très bien, je vais vous garder en ligne et vous dire quoi faire.
Tout va bien se passer. Ne raccrochez surtout pas sans mon autorisation.

Suivant les instructions du pompier, la famille se réunit sur le trottoir. Malo et Mila regardent avec inquiétude le feu, bien visible derrière la fenêtre du salon.
– Une équipe de secours arrivera dans 2 minutes, annonce le pompier.

Les secondes passent… Elles semblent très longues.
Enfin, un bruit familier résonne au bout de la rue : **PIN-PON-PIN ! PIN-PON-PIN !**
– Voilà les pompiers ! s'écrie Mamours, soulagée.
– Faites-leur signe de la main, conseille le pompier du centre d'appel.

Un gros camion s'arrête bientôt devant elle. C'est un fourgon-pompe-tonne !
Pompy, Zena, Ludo et Ben sautent de la cabine, équipés de leur tenue de feu.
– Vous pouvez raccrocher, annonce le pompier du centre d'alerte.
Mes collègues vont prendre le relais. Bon courage !

Après avoir évalué l'incendie d'un coup d'œil, Pompy se tourne vers les trois rescapés :

– Comment vous sentez-vous ? Avez-vous du mal à respirer ?

– Non, ça va. Malo a un peu toussé, mais c'est fini maintenant, murmure Mamours

– Ludo va vérifier tout ça, reprend Pompy. Zena et moi, on va aller éteindre ce feu tout de suite. Ben, tu restes à la pompe.

– Bien, chef !

Malo et Mila voient les deux pompiers fixer leur masque à air, puis établir les branchements de leur lance à incendie sur le camion. Ils s'engouffrent alors dans la maison, Pompy à l'avant, Zena derrière, qui soutient le tuyau.
Ben vérifie que le tuyau se déroule correctement, puis retourne dans le camion mettre en route la pompe : avec un grondement sourd, l'eau gicle dans le tuyau.

Une ambulance est arrivée.
– Venez vous réchauffer à l'intérieur, invite Ludo.

Dans le salon envahi de fumée, deux silhouettes avancent l'une derrière l'autre. Courageusement, Pompy et Zena luttent contre le feu, en l'arrosant de haut en bas pour rabattre les flammes.

En les voyant revenir un peu plus tard, Malo demande :
– C'est fini ?
– Oui, tout est éteint. Le feu n'avait pas encore eu le temps de s'étendre, sourit Pompy. C'est parce que vous avez pensé à fermer les portes : bravo ! Dans une pièce bien fermée, il y a moins d'air, alors le feu progresse lentement.

– Et là, tu as ouvert les fenêtres, remarque Mila.
– Pour aérer ! Il faut attendre que la fumée se dissipe avant de retourner à l'intérieur. Vous devriez dormir ailleurs, cette nuit.

Le lendemain, après une nuit passée chez Mamilours, la famille retourne dans la maison pour constater les dégâts en compagnie des pompiers : le salon est devenu tout noir et les murs sont couverts de suie. Mais la charpente n'a rien : la maison est sauve !

– On aurait peut-être dû essayer d'éteindre le feu ? demande Malo.
Pompy se récrie :
– Surtout pas ! Si le feu a déjà pris depuis quelques minutes, c'est trop tard ! La règle est : « Là où il y a de la fumée, il ne faut pas aller », car elle est plus dangereuse encore que les flammes. Ta maman a eu un excellent réflexe en vous faisant sortir tout de suite.

– Attention, il ne faut jamais laisser des bougies sans surveillance ! Ni les installer à côté d'objets qui peuvent prendre feu, rappelle Ludo en désignant un reste de cire sur le meuble noirci.

– C'est de ma faute. On aurait dû allumer les bougies après la toilette, soupire Mamours.
Mila et Malo, eux aussi, ont le cœur serré :
– Désolés, Papa… On voulait te faire une surprise pour ton anniversaire…

Mais Papours les serre très fort dans ses bras :
– Ce ne sont que des dégâts matériels. Du moment que vous êtes sains et saufs, tout va bien ! souffle-t-il, encore très ému.
– En tout cas, grâce au détecteur de fumée, vous avez pu réagir à temps, les félicite Pompy.

Le pompier fait le tour de la pièce et s'arrête soudain à côté d'une petite créature poilue, oubliée dans un coin :
– Ça alors ! Regarde, Mila : c'est ton doudou ! Il aura sans doute besoin d'un brin de toilette, mais... pour lui aussi, tout est bien qui finit bien !

Un feu est vite arrivé !

Chaque année, il y a 76 000 départs d'incendie en France, soit une intervention toutes les 7 minutes pour les pompiers.

Comment se déclenche un incendie ?

Dans cette histoire, c'est une bougie placée près d'un objet en papier qui a mis le feu à la maison. Les bougies sont une cause fréquente d'incendie domestique, mais il y en a d'autres. Par exemple :

- les prises trop chargées : si l'on branche trop d'appareils sur la même prise, ça chauffe !
- les allumettes ou les briquets : il ne faut jamais s'amuser avec.

Attention aux objets inflammables !

« Inflammable » veut dire « qui prend feu facilement ». C'est le cas du papier, du carton, du bois, mais aussi du plastique et des tissus : tous s'enflamment très vite. Il vaut mieux les éloigner de toute source de chaleur. Par exemple, on ne laisse pas de torchon près d'une plaque de cuisson, d'habits sur un radiateur électrique ni de jouets près de la cheminée.

Le conseil de Pompy

Feu, je t'ai à l'œil !

Il ne faut jamais laisser un appareil qui chauffe, une flamme ou un feu sans surveillance. On éteint tout avant de quitter la pièce !

Le sais-tu ?

Pour éteindre un feu, il faut :

- 1 verre d'eau la première seconde
- 1 seau d'eau au bout de 1 minute
- 1 000 litres d'eau après 10 minutes !

Les détecteurs de fumée

Fixés au plafond, ces petits appareils détectent la fumée qui se dégage en cas d'incendie et se mettent alors à sonner très fort. Aujourd'hui, ils sont obligatoires dans toutes les maisons. Ils donnent l'alerte très vite pour nous permettre de bien réagir.

Que faire en cas d'incendie ?

Essayer d'éteindre le feu soi-même n'est pas une bonne idée.
Le plus important, c'est de :
1) se protéger en sortant tout de suite, comme l'a fait Mamours, sans paniquer et en fermant les portes derrière soi.
2) alerter les pompiers en appelant le 1-1-2 !

Gare à la fumée !

Elle est encore plus dangereuse que les flammes, car elle se répand bien plus vite et elle est toxique : en la respirant, on étouffe. Si elle bloque la sortie, il vaut mieux se réfugier dans une pièce aérée, bien fermer la porte et boucher le bas avec du linge mouillé, puis faire signe à la fenêtre : les pompiers viendront vous chercher avec la grande échelle !

Le fourgon-pompe-tonne

C'est le camion d'incendie le plus utilisé par les pompiers. Il contient une réserve d'eau de 6 000 litres et des centaines de mètres de tuyaux. En cas de gros incendie, les pompiers en mobilisent plusieurs et font appel à la grande échelle quand il faut évacuer des habitants ou lutter contre le feu en hauteur. Un ou plusieurs VSAV (véhicule de secours et d'assistance aux victimes) se déplacent aussi pour s'occuper des blessés et des rescapés.

Pompy®

L'assistant des sapeurs-pompiers

Présent dans le véhicule de secours des sapeurs-pompiers, Pompy® est offert aux enfants présents sur les lieux d'une intervention.

Une situation d'accident est déstabilisante pour un enfant qui a avant tout besoin d'être rassuré (douleurs, parents blessés ou absents, sirènes…). Spécialement conçue pour apporter du réconfort à l'enfant, la peluche Pompy® facilite le dialogue avec les sapeurs-pompiers en lui permettant de montrer où il a mal et l'accompagne tout au long de l'intervention.

Opération Pompy®

1 peluche Pompy achetée = 1 peluche Pompy offerte à un enfant pris en charge par les sapeurs-pompiers.

Pour participer, rendez-vous sur pompy.fr !

SAPEURS-POMPIERS DE FRANCE

Dans la même collection :

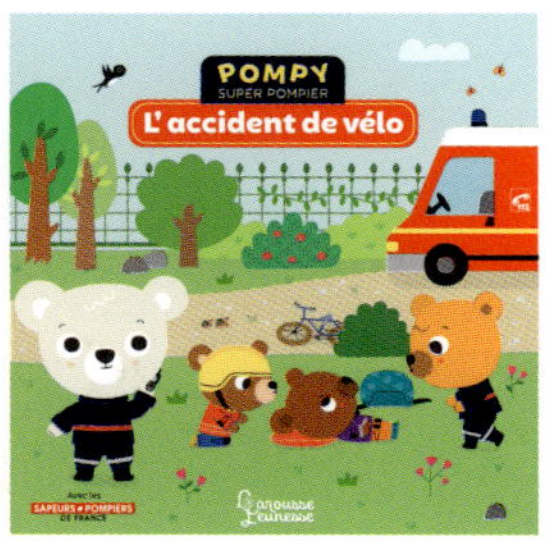

Pompy
Zena
Mamours
Malo